글 그림 한수지

벨기에 브뤼셀 왕립예술학교에서 일러스트레이션을 전공했습니다.
글을 쓰고 그림을 그립니다.

카 키

한수지

at|noon *books*

나는 분명 어디론가 떠나고 싶었지만 이런 시골로 오고 싶었던 건 아니었다.

새엄마가 생긴 뒤로 나는 방학이면 시골집에 버려지듯 남겨졌다.

마당 감나무 옆에는 괴상한 모습을 한, 개가 한 마리 있었다.
그건 마치 꼬질꼬질하고 엉킬 대로 엉킨 실뭉치 같았다.

할머니 할아버지는 그 개를 애완견으로 여기지 않았다.
시골 개는 소, 돼지, 닭과 같은 가축과 다를 바 없어 보였다.

산책도 목욕도 해 본 적 없는 그 개는 목을 묶인 채로 마당을 지킬 뿐이었다.

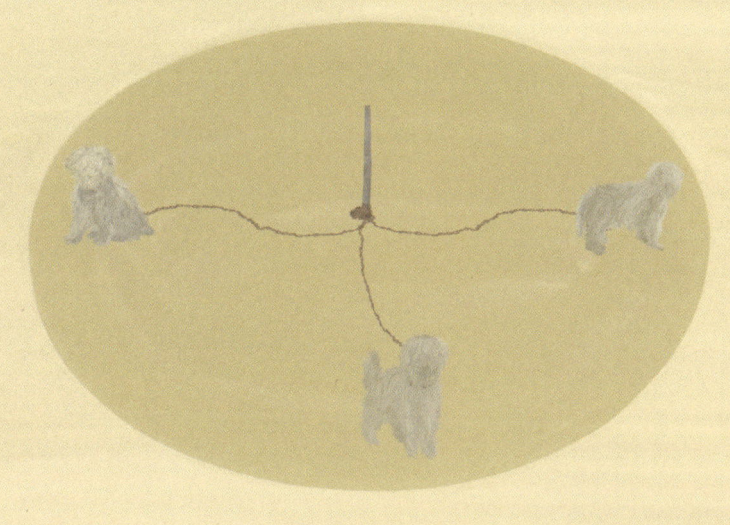

하루의 대부분을 아무것도 안 하고 가끔 짖는 거밖에 하지 못하는 걸 보면,
그 무기력함이 전염되는 것 같았다.

그 개에게도 이름이 있었다.

오래전에도 같은 이름의 개가 있었다.
마당에 묶인 개들의 이름은 늘 같았다.
그래서 그건 사실상 이름이 아니라 지칭 수단에 불과했다.

엄마, 할머니네 개들은
왜 이름이 똑같아?

옛날 개도 똑같았는데.

마당에 있던 개는 어느 날 사라졌고, 다른 어린 개가 대신 자리하고 있었다.

할머니가 발라 준 살코기는 어제까지 마당에 있던 개였다.
그리고 그 사실을 알았을 때는 이미 게워 낼 수조차 없을 만큼
내 몸에 흡수되어 있었다.

할머니, 그 멍멍이는?

와 밥 묵으라.

나는 그때의 찝찝함과 배신감을 되살리게 하는 그 이름이 싫었다.

아빠는 새엄마와 여행을 간다고 한 뒤로 연락이 없었고,
할아버지와 할머니는 마치 대화를 잊은 수도승 같았다.
그저 낮이 밤이 되는 것처럼 삼시 세끼를 챙겨 먹었고 밭에 나가 일했다.

그리고 내가 있든 없든 크게 개의치 않았다.

날은 점점 더워졌고, 나는 어떻게든 시간을 꾸역꾸역 보내야만 했다.

친구들은 방학이 어떻게 지나가는지 모르겠다고 했지만,
내 시간은 고인 듯이 흐르지 않았다.

어느 날, 그 개에게 새로 이름을 붙여 주었다.
그 개가 묶여 있던 감나무의 색을 따 '카키'라고 지었다.
카키는 신기하게도 자기 이름을 아는 것처럼 굴었다.

숨통을 트려고 멀리 나가 걸을 때면,
나는 카키를 꼭 데리고 나갔다.
개를 좋아해서도 카키를 좋아해서도 아니었다.

그저 온종일 마당에 꼼짝없이 묶여 있는 꼴이 보기 싫었기 때문이다.
무기력함이 일상화되어 버린 우리는 대체로 조용했고,
우리를 둘러싼 모든 것들만 힘있게 반짝이는 듯했다.

카키와 밖을 거닐 때면 멈춰 있는 것만 같던 시간도 흐르고는 했다.

하지만 어둠이 내려앉으면 내 기분도 다시 한껏 내려앉았다.
지나치게 어둡고 조용한 밤이면 나는 어딘가로 떠나는 상상을 했다.

아주 멀리 아무도 찾을 수 없는 곳.
그 막연한 그림에는 나와 함께 도망치는 카키가 있었다.

개학이 얼마 남지 않은 어느 날, 더는 버티기 힘든 기분이 들었다.

나는 할머니의 비상금을 몰래
훔쳐 배낭에 쑤셔 넣고선 카키를
데리고 나왔다.

떠나올 때의 불안한 마음과는 달리,
막상 밖으로 나오자 두근거리는 마음뿐이었다.

나는 먼바다를 보러 가고 싶었다.

들뜬 마음으로 터미널에서 표를 끊었고,

카키와 함께 버스를 기다렸다.

혼자 떠날 용기 같은 건 없었으면서 이 모든 게 카키 때문인 것처럼 느껴졌다.

나는 카키의 목줄을 풀어 던졌다.

카키에게 네 갈 길 가라고 소리친 후 씩씩대며 걸어갔지만,
카키는 꼬리를 흔들며 나를 따라왔다.

따라오는 그 모습에 왠지 더 화가 났다. 나는 아무 데나 배회했다.

뒤를 돌아봤을 때, 카키는 여전히 나를 따르고 있었다.
꼬질꼬질하고 자르지 못해 엉킨 실뭉치 같은 모습으로.

힘이 빠졌다.
　　　평생을 묶여 산 개가 또 어딜 갈 수 있겠나 싶었다.

그리고 나 역시 어디로 갈 수 있는지 알지 못했다.
　　　　　　　　　　우린 결국 갈 곳이 없었다.

내 기분이 어떻든 시간은 흘러갔고, 풍경은 변해 갔다.
매일 보던 따분한 시골이었는데,
그날의 하늘은 왜인지 오래도록 기억에 남았다.

집으로 돌아왔을 때 할아버지 할머니는 이미 주무시고 계셨다.
비상금을 훔쳐 가출했는지도 모르시는 것 같았다.

어쩌면 내가 영원히 없어져도 모를 것 같기도 했다.

나는 오래된 현관문 소리에 할머니가 깰까 봐 문을 열고 들어가지 못했다.
그렇게 마당 평상에 한참을 앉아 있었다.
그날따라 구름 한 점 없는 하늘에 별들이 수없이 반짝였다.

내 옆으로 카키가 와서 누웠다.
더운 여름밤이었지만 온기가 와 닿는 느낌이 싫지 않았다.
다만 냄새가 나서 내일은 좀 씻겨야겠다는 생각을 하며 잠이 들었다.

난 그다음 해에 졸업했고, 대학에 들어간 뒤로는 기숙사에 살아
할머니 할아버지 댁에 갈 일도 없었다.
가끔 카키가 생각났지만, 그렇다고 내가 카키에게 해 줄 수 있는 건 없었다.

다시 시골집을 찾은 건 할아버지가 돌아가셨을 때였다.
그리고 그때 카키는 없었다.

누구도 카키가 어디로 갔는지 알려 주지 못했다.

개가 어딨냐고
자꾸 묻는데?

모르지.
개가 있다고?

문득 내 뱃속에 여전히 남은 죄책감이 떠올랐다.
할아버지 장례식 내내 나는 펑펑 울었다.

장례가 끝나서야 카키가 잡아먹힌 게 아니라는 걸 알게 되었다.
카키는 줄이 끊어져 밖에 나갔다가, 차에 치였다고 했다.

할머니 할아버지가 카키를 발견해서 감나무 밑에 묻어 주었다고 했다.
나는 할머니 할아버지와 싸우지도 않았으면서,
괜히 화해한 느낌이 들었다.

마음 한구석에 항상 흩날리던 시큰한 바람도 멈추는 듯했다.

더 이상 10대가 아닌 나는 시골집에 발이 묶이지도 않았고,
어디든 원하는 대로 갈 수 있었다.
그렇지만 혼자 어디론가 떠나는 게 썩 즐겁지 않았다.

오히려 낯선 곳에서 홀로 걸을 때면,
같이 걷던 카키가 생각이 나
쓸쓸한 기분이 들었다.

가끔은 같이 걷는 꿈을 꿀 때도 있었다.
꿈속의 카키는 여전히 꼬질꼬질한 실뭉치 같았고
어디선가 매미 소리가 시끄럽게 울리고 있었다.

우리는 어디론가 계속 떠나는 중이었다.

초판1쇄 인쇄일	2021년 4월 5일
초판2쇄 발행일	2021년 8월 17일

글	한수지
그림	한수지
펴낸곳	atnoon books
펴낸이	방준배
편집	정미진
디자인	개미그래픽스
교정	문정화
등록	2013년 08월 27일 제 2013-000257호
주소	서울시 마포구 연남로 30

홈페이지	www.atnoonbooks.net
페이스북	atnoonbooks
인스타그램	atnoonbooks
연락처	atnoonbooks@naver.com
FAX	0303-3440-8215

ISBN 979-11-88594-16-0 07810

이 책의 글과 그림의 일부 또는 전부를 재사용하려면 반드시
저작권자의 동의를 얻어야 합니다.
ⓒ 한수지 2021